DISCOU

Prononcé à Saint-Sulpice le 1

A l'occasion de l'érection de l'Archi

de Notre-Dame de la Compassior

POUR LA

[CON]VERSION DE L'ANGLETERRE

En présence de Leurs Éminences

LE CARDINAL-ARCHEVÊQUE DE WESTMINSTER

LE CARDINAL-ARCHEVÊQUE DE PARIS

PAR

LE T. R. P. FEUILLETTE

de l'Ordre de Saint-Dominique

Docteur en Théologie et en Droit canon

PARIS

BUREAUX DE L'*ANNÉE DOMINICAINE*

94, RUE DU BAC, 94

1897

DISCOURS

SUR LA

CONVERSION DE L'ANGLETERRE

DISCOURS

Prononcé à Saint-Sulpice le 17 octobre 1897

A l'occasion de l'érection de l'Archiconfrérie

de Notre-Dame de la Compassion

POUR LA

CONVERSION DE L'ANGLETERRE

En présence de Leurs Éminences

LE CARDINAL-ARCHEVÊQUE DE WESTMINSTER

LE CARDINAL-ARCHEVÊQUE DE PARIS

PAR

LE T. R. P. FEUILLETTE

de l'Ordre de Saint-Dominique

Docteur en Théologie et en Droit canon

PARIS

BUREAUX DE L'*ANNÉE DOMINICAINE*

94, RUE DU BAC, 94

1897

Éminences,
Messeigneurs,
Mes Frères,

Tout ici-bas concourt à la réalisation du plan de Dieu dans le monde. Ce plan, nous le connaissons; c'est la Rédemption de l'humanité par son Fils, Notre-Seigneur Jésus-Christ, venu au milieu des temps. A cette œuvre, toutes les créatures, les éléments eux-mêmes sont ordonnés; tout l'effort des causes naturelles, dit Bossuet, tend à produire la famille des élus. A plus forte raison, les sociétés et les peuples doivent-ils travailler à l'accomplissement de ce grand dessein.

Fouillant de son regard pénétrant, et éclairant, des clartés de son génie, les profondeurs de l'histoire, Bossuet nous montre ce dessein unique qui se poursuit avec une inflexible rectitude, et dont rien, ni les mœurs et les lois qui changent, ni les empires qui croulent, ni les générations qui disparaissent, ne peut arrêter le majestueux développement ; il met en lumière ce plan, qui fait servir à sa réalisation les forces les plus hostiles, les plus capables de l'entraver, indice d'une intelligence supérieure qui l'a conçu, et d'une volonté toute-pusisante qui l'exécute ; et la marche des nations dans l'humanité, et ces peuples qui se poussent à travers le temps et l'espace, tous ces écroulements et ces reconstructions préparaient l'avènement du Christ-Roi.

Depuis sa venue, cette mission des peuples s'accuse davantage encore ; tous doivent travailler à l'extension de son règne sur la terre, ouvrir à son Église le passage libre, être les soutiens de cette société qui le perpétue au milieu de nous, protéger sa vie et la fécondité de ses œuvres.

Entre tous ces peuples, il en est de privilégiés, sur lesquels la grande Providence compte davantage. Parmi eux l'Angleterre, comme la France, avait une place d'honneur.

Pendant dix siècles, fidèle à sa mission, elle fut l'un des plus beaux joyaux de la couronne de l'Église.

Un jour, souffla, sur le monde, un ouragan formidable ; et, tandis que l'Église, immuable vaisseau, continuait, sur les flots irrités, sa marche tranquille, la barque qui portait les destinées religieuses de l'Angleterre fut entraînée, et elle erre, depuis lors, loin des voies qu'elle devait suivre.

Cruelle angoisse, continuel sujet de larmes pour l'Église, mes Frères, que cette séparation ; dans sa tendresse maternelle, elle s'efforce de faire violence au ciel, en même temps qu'elle s'épuise en sollicitude, pour triompher des résistances et devancer l'heure de l'union.

N'est-ce pas un beau et grand spectacle que celui de ce vieillard qui, du coin de terre où l'injustice et l'ingratitude humaine le confinent, trouve moyen cependant d'étendre à l'univers sa sollicitude ? Partout est son regard, partout son cœur, partout ses œuvres. Sa paternité est si large qu'elle embrasse tout, si ardente qu'elle traite chacun de ses enfants, comme s'il était unique au monde.

Aujourd'hui, reprenant l'héritage des Grégoire le Grand, et de tant de Pontifes animés des mêmes désirs et émus de la même douleur, Léon XIII pousse un cri d'appel, et organise une croisade, pour le retour à l'unité de la très noble nation anglaise.

Eminence,

Si le zèle de Léon XIII, pour la cause qui nous réunit, nous rappelle saint Grégoire, il nous est bien permis de nous souvenir aussi, en voyant les œuvres de votre vie, que ce grand pape eut, pour collaborateur, un Augustin. Nous le savons tous, Sa Sainteté ne pouvait trouver un plus digne dépositaire de ses sollicitudes, ni un plus actif ouvrier de ses desseins. Le cœur dévoré de ce double amour, l'amour de l'Église et l'amour de la patrie, vous n'avez cessé de travailler à cette grande cause de l'union. Il vous a semblé que le moment était solennel, que le souvenir, éveillé, en nous tous, par le treizième centenaire du sacre de saint Augustin de Cantorbéry et de la conversion de l'Angleterre, pouvait émouvoir les cœurs et présager le salut.

En venant, avec de vénérés collègues dans l'épiscopat, fêter, au milieu de nous, l'événement mémorable qui donnait naissance à l'Église Anglo-Saxonne, sous les auspices de sa sœur aînée, l'Église des Gaules, vous avez pu constater la permanence des sympâthies et des espérances qui font battre, aujourd'hui encore, à l'unisson, les cœurs de l'Église catholique d'Angleterre et de l'Église de France.

Implorant, pour la faiblesse de ma parole tout émue d'être appelée au service d'une si grande cause, le secours de celle que la piété anglaise appelle Notre-Dame de Sainte-Marie, je voudrais vous dire, d'abord, nos raisons d'espérer, et ensuite, nos raisons de prier.

I

Quelle raison avons-nous d'espérer? Mes Frères, celle-ci avant tout : l'Église espère. Oui, l'Église espère ; elle regarde à l'horizon des peuples, et elle voit, elle salue, de loin, avec des tressaillements de mère, l'aurore d'une résurrection. Comme sainte Catherine de Sienne parcourait autrefois les villes d'Italie, déchirées par toutes les factions, en criant : la paix ! la paix ! notre grand pape. Léon XIII, interpellant, de loin, toutes les nations chrétiennes, leur jette ce cri : l'union ! l'union !

Vous l'avez entendu dans ce manifeste sublime adressé aux princes et aux peuples de l'univers ; puis, dans cette lettre au peuple anglais, qui déborde d'affection, de tendresse paternelle, vous l'avez entendu exprimer l'espoir que, bientôt, la noble nation anglaise reconnaitrait les voies de la vérité, et s'y engagerait avec une ardeur magnanime.

Or, mes Frères, l'Église et les papes ne se trompent guère sur les signes des temps. Ils ont, pour eux, l'expérience séculaire, la connaissance supérieure du troupeau qui leur est confié par Dieu ; et quand ils ont le cœur plein d'espérance, il est bien permis d'espérer avec eux, et de compter, fermement, sur la prochaine réalisation de ces espérances.

**

Mais pourquoi espèrent-ils ? Il n'est pas sans intérêt de le rechercher ; car nous serons ainsi fortifiés dans notre propre confiance. Il me semble que la première raison de cette confiance, la plus forte, parce qu'elle met en cause l'intervention même de Dieu, c'est le passé catholique de l'Angleterre.

L'Angleterre a été catholique, mes Frères ; beaucoup ne s'en souviennent pas ; et cependant, c'est là un fait capital, quand on veut augurer de ses destinées futures.

Quand on a possédé la vérité, c'est à jamais qu'on en garde l'empreinte.

Rapprochement étrange, saisissant, que sans doute vous aurez fait, et qui, dans la similitude des événements, semble indiquer l'identité de la mission.

Autour du berceau de ces deux grandes nations, l'Angleterre et la France, au moment où, à un siècle de distance, elles naissent à la foi catholique, nous voyons se produire les mêmes faits, apparaître les mêmes personnages, les événements suivre une marche identique. Un roi, une reine, un évêque, Clovis, sainte Clotilde, saint Remy, voilà les trois grandes figures groupées autour du baptistère de Reims, les trois apôtres de la conversion de la nation franque ; un roi, une reine, un évêque, Ethelbert, la reine Berthe et saint Augustin, ont été les agents les plus puissants de la conversion de l'Angleterre. Et pour achever la ressemblance, les deux rois, à un siècle d'intervalle, se font baptiser, le jour de Noël, avec plusieurs milliers de leurs guerriers. N'est-ce point un signe déjà que Dieu va appliquer les deux nations à la même mission ?

Pendant des siècles l'Angleterre sera la plus catholique des nations, celle où se sont déployées, pour le service de l'Église de Dieu, les plus admirables ressources. Sous l'action combinée des papes, de ses évêques, de ses moines, une sève puissante y circulait et y faisait épanouir, dans les splendeurs de la foi, des œuvres magnifiques.

Ses monastères, asiles de la science, de l'immolation, de la vertu, où le vénérable Bède et saint Anselme enseignèrent, d'où sortit saint Boniface ; ses grandioses basiliques, ces basiliques, toujours debout, dans la mélancolie de leur passé, indestructibles monuments de foi et d'amour ; ses fondations pieuses destinées aux besoins des âmes ou à la détresse des malheureux ; et des rangs du peuple, jusqu'au siège de l'évêque, jusqu'au trône du Roi, tous ces saints qui se lèvent, si nombreux que l'Angleterre fut appelée l'île des saints, tous ces saints qui luttent, jusqu'à l'héroïsme, pour la propagation, l'accroissement, la défense de la foi romaine, est-ce que tout cela ne serait plus qu'une cendre refroidie, qu'un foyer éteint, qu'un souvenir disparu ? Est-ce que tout cela, au contraire, ne proclame pas le catholicisme et ne l'appelle pas à grands cris ?

Et puis, l'Angleterre a eu ses martyrs ; ils sont légion ; et leur sang a été offert, ils ont tenu eux-mêmes à nous le dire, pour l'avenir catholique de leur pays. Quand Thomas Morus, avec trois cents de ses compatriotes, succombait, victime de son attachement à l'Église romaine, il n'avait pas d'autre prière sur les lèvres.

Croyez-vous que cette prière unie à tant d'autres, que ce sang mêlé à tant d'autre sang versé, que ce passé glorieux qui fait l'orgueil, et à bon droit, de toute l'Église catholique, que tout cela puisse être vain, et qu'il ne se prépare pas, là haut, des revanches de miséricorde, pour récompenser tant de constance et tant de vertus?

Et pouvons-nous oublier qu'un jour, au siècle dernier, des ministres du Seigneur proscrits, parce qu'ils avaient préféré l'exil à l'apostasie, cherchèrent un asile où ils pussent trouver, avec le pain matériel, la sécurité de leur conscience? Cet asile, la libre et chrétienne Angleterre le leur offrit. Si le verre d'eau, donné au nom de Jésus-Christ, reçoit sa récompense, la récompense réclamée ardemment par la prière des exilés n'était-elle point, pour le pays qui les avait recueillis, la grâce de la vérité, dans l'union avec l'Église qu'ils ont si bien servie, là-bas, par les exemples et par la dignité de leur vie?

Mais cette union, et voilà bien le plus solide fondement de notre espérance, elle n'est pas seulement appelée par les larmes des choses, par les souvenirs du passé, par la prière des morts, ce sont les âmes, oui, les âmes, qui la réclament.

Chose nouvelle dans l'histoire de l'église anglicane, et qui eût paru inouïe il y a seulement un demi-siècle! Du sein de cette église sont partis des appels répétés par tous les échos, appels réclamant l'union avec l'Église catholique. Assez de luttes, disait-on, assez de séparatisme et d'émiettement des forces! Nous croyons tous au même Jésus-Christ; que cette croyance serve de point de départ au rapprochement complet des âmes. Est-ce que le Christ peut avoir fondé deux sociétés? Est-ce qu'il peut y avoir deux troupeaux? Non, non! L'Église doit être une; elle doit être universelle; elle doit être catholique; et tous les membres de cette catholicité doivent proclamer le même symbole et fraterniser dans le même amour.

Ce raisonnement, nous le connaissons; il est bien à nous, et toujours il nous a servi pour sauvegarder ou rétablir l'intégrité de la foi chrétienne.

Mais il est des époques où les meilleurs raisonnements sont sans persuasion et sans force. Il est des états d'âme si tempétueux, si troublés de passions, et, d'autre part, si aveuglés par la paisible domination de l'erreur, que tout ce qu'on peut dire glisse sur les consciences, sans les entamer.

Grâce à Dieu, aujourd'hui, il n'en est plus de même en Angleterre. Ceux qui parlent, comme je le disais, ne sont pas des ignorants, des isolés sans mandat; mais bien des pasteurs, des évêques anglicans, qui s'inquiètent, se lamentent sur le présent état de choses. Église nationale, disait l'un d'eux, c'est-à-dire séparée du reste du monde!

Ils ne sont pas seulement séparés de la catholicité; ils le sentent bien, ils sont sans lien; ils n'ont, entre eux, au point de vue religieux, aucune cohésion; partant, aucune force.

Comptez, si vous le pouvez, les sectes qui vivent, côte à côte, se combattent, énervent et désagrègent les forces religieuses de la nation, et aboutissent à la formation de ces troupeaux sans chef, de ces apôtres sans mission dont le prosélytisme est devenu un danger de plus.

Les hommes clairvoyants le comprennent, et leur malaise est grand en face de ces antagonismes. Ils savent que le jour où l'unité de foi disparaît, c'est le fanatisme et le rationalisme qui sont aux portes. Le *fanatisme*, qui transforme le sentiment religieux en un instinct sauvage, sans frein ni règle, et le *rationalisme*, qui n'écoute que lui-même et ne croit plus à rien : voilà les deux courants où vont se perdre tôt ou tard les sectes séparatistes.

Cette plainte est formulée par les meilleurs, parmi les protestants. Le rationalisme surtout, disent-ils, fait des ravages effrayants. Les pasteurs, les premiers, y succombent. Leur libre examen s'est étendu à tout; leur isolement doctrinal les a jetés en proie à tous les dissolvants de la critique contemporaine. Beaucoup ne croient même plus à la divinité de Jésus-Christ.

Que reste-t-il au fond des âmes? Un vague instinct religieux et des pratiques vides de sens, incapables de soutenir le moindre choc.

Comment ne sentiraient-ils pas ce danger formidable? Ils voient bien que tout se maintient encore, tant bien que mal, en vertu d'une habitude séculaire; tout semble debout; tout semble vivre; trompeuses apparences! les lézardes apparaissent aux regards les plus pénétrants, et font redouter un prochain effondrement.

Mais le Christ aime cette nation qui l'aima jadis d'un amour si ardent; c'est lui qui lui met au cœur, aujourd'hui, ces nobles inquiétudes, ces tourments généreux où nous devons voir des miséricordes.

Le danger est signalé, et il émeut profondément ceux qui ont assumé la garde des âmes anglaises: motif puissant de penser qu'ils ne se contenteront pas de gémir sous le coup de ces menaces.

On finira par se convaincre tout à fait qu'en face du flot montant de l'irréligion, il n'y a plus, pour les amis du Christ, qu'une attitude possible : l'union parfaite des esprits dans une même croyance, l'union fraternelle des cœurs dans les mêmes sentiments, l'union complète des volontés, en vue d'une action commune; et, puisque la vérité, qui est une, nous défend, à nous, catholiques, d'abandonner un seul article de notre Symbole, d'accepter leur *Credo*, ce sont eux qui, éclairés d'une lumière meilleure, reviendront au nôtre ; et puisque l'autorité religieuse qui leur manque, nous avons, nous, le bonheur de la tenir du Christ et de l'avoir gardée, ce sont eux, demain, qui reviendront, tard, c'est vrai, mais cordialement, mais tendrement accueillis, à la mère commune, la sainte et indivisible Église de Jésus-Christ.

Un autre motif, moins haut, sans doute, puisqu'il est d'ordre humain, vient fortifier encore notre espérance. Certes, les motifs humains passent ici au second plan ; Dieu, cependant, en fait souvent des instruments pour le bien des âmes.

Eh bien, je vous le demande, ne pensez-vous pas que l'Angleterre gagnerait, et gagnerait immensément, à l'union des âmes dans le catholicisme ? N'y a-t-il pas chez elle, à en juger par les écrits et les discours de certains de ses hommes d'État, un vague sentiment de ces avantages et un secret désir de les posséder ?

Oui, l'Angleterre est grande ; l'Angleterre est forte ; mais, précisément parce qu'elle est grande, les difficultés de tout ordre se multiplient pour elle ; et la faiblesse peut un jour sortir de sa force.

Ceux qui ont la vue longue, et qui portent au cœur l'amour de leur pays, n'ont pas, tous les jours, croyez-le bien, le sommeil tranquille. Tous les peuples, aujourd'hui, se trouvent en face de questions formidables, questions économiques et sociales, dont la solution, qui est le secret de l'avenir, fait redouter les plus terribles cataclysmes. L'Angleterre, plus que les autres nations peut-être, est intéressée à la solution de ces problèmes.

L'extension immense de ses domaines, les sourdes agitations qui remuent à l'extérieur tous ces peuples, placés sous son sceptre, et, à l'intérieur, ces masses profondes de prolétaires que pénètre le souffle des revendications sociales, tout cela rend la situation redoutable.

Or, ne croyez-vous pas que l'union religieuse, en lui permettant aussi de panser des plaies qu'elle a faites et de réparer des injustices, l'aiderait puissamment à écarter ces éventualités menaçantes ?

Il n'y a, en somme, rien de plus profond, au cœur de l'homme, que le sentiment religieux ; et, suivant qu'il se concentre ou qu'il s'émiette, qu'il se rapproche de l'unité, ou qu'il verse dans l'antagonisme, il crée ou détruit de la force ; il allume la guerre ou restaure la paix.

Qu'y a-t-il, dans l'histoire, de plus effrayant que les luttes religieuses ? Qu'y a-t-il, par contre, de plus fécond que la paix religieuse ? La guerre religieuse est le grand dissolvant d'un pays ; la paix religieuse est un gage d'union, de concorde, d'échange mutuel de sentiments et de services, et, par là, un gage de prospérité et de stabilité. Or, la paix religieuse n'est garantie tout à fait que par l'unité religieuse ; et l'unité religieuse, comment se ferait-elle, en Angleterre, autrement que par le retour au catholicisme romain ? Qui peut réunir les éléments épars, toujours plus épars, qui forment l'Angleterre protestante?

L'indépendance de l'esprit y est à la base même des dogmes ; l'indépendance de vie et d'autorité doit nécessairement s'ensuivre. Il y a entre les directions de l'esprit et les directions de la vie une corrélation constante, basée sur la nature même de l'homme. Le Sauveur du monde le savait bien ; c'est pourquoi il demandait à ses fidèles de n'avoir tous qu'une même foi, afin de n'avoir tous qu'un seul cœur.

Un jour qu'une collision effrayante menaçait de jeter la perturbation dans la ville de Londres, de ruiner son commerce et de compromettre gravement tous les intérêts anglais, le grand cardinal Manning intervint, tout à coup, comme le représentant de l'action sociale catholique. Sa grande voix imposa silence à tous les égoïsmes ; les effusions de sa charité émurent, jusqu'aux larmes, les rudes natures qu'il s'agissait de discipliner ; les ouvriers des docks conquirent, grâce à lui, le salaire dû à leur travail ; et tout rentra dans l'ordre, aux applaudissements unanimes du pays.

Vous avez là, mes Frères, incarnée dans un noble exemple, l'image de ce que pourrait être, dans l'Angleterre libre et active, une action sociale basée sur l'unité de croyance. A la place de ce cardinal, sublime d'inspiration et de dévouement, mais presque seul, mettez, dans toute l'étendue du royaume, toute une hiérarchie animée des mêmes sentiments, unie dans l'emploi des mêmes moyens, sous l'impulsion et la direction d'une autorité souveraine, soucieuse, elle l'a prouvé, des plus grands intérêts de l'humanité, et supputez tout ce qui en pourrait sortir de fécond pour le bonheur des déshérités, la prospérité de la nation et la paix du monde social.

Voilà pourquoi je ne crains pas de dire que le retour de l'Angleterre à l'unité catholique est une cause nationale autant que religieuse ; qu'à ce titre elle doit réunir, un jour ou l'autre, tous les cœurs anglais ; et que nous pouvons attendre, par conséquent, pour un avenir plus ou moins prochain, la pleine réalisation de nos espérances.

J'ai nommé le cardinal Manning ; vous ne me pardonneriez pas de passer sous silence ces grands noms qui sont, à eux seuls, une garantie d'avenir pour le catholicisme en Angleterre : Wiseman, Newman, Wilberforce, les Oakley et tant d'autres, magnifiques prémices fournies, à la jeune Église, par cette race si riche et si féconde en hommes. Derrière ces illustres personnalités, combien sont venus se ranger ; et ce grand mouvement se continue en s'élargissant.

Comparez donc la situation de l'Église catholique d'Angleterre, à l'heure actuelle, avec ce qu'elle était avant 1830. Alors, l'intolérance, la privation des droits, l'indifférence, quand ce n'était pas le mépris, l'ostracisme et la proscription ; aujourd'hui, plus que la tolérance, la liberté ; plus que le respect, la sympathie ; plus que l'admission à la vie politique et sociale, l'admiration et, j'ajouterai même, une secrète envie. Cette religion, qu'on n'ose embrasser encore, on lui emprunte tout, ses rites, ses institutions, son culte des saints, ses sacrements même.

Et ce mouvement est d'autant plus puissant qu'il n'est pas le fait de l'action passagère et toujours superficielle d'un homme ; il est le fruit d'une lente progression des âmes, d'une germination qui trouve sa force dans ce sol resté tout imprégné de sève catholique et qui a sa racine aux profondeurs mêmes du tempérament religieux de la nation ; aussi saluons-nous, dans les résultats déjà obtenus, les plus belles espérances de l'avenir.

II

A toutes ces grandes et légitimes espérances, une seule puissance peut ouvrir les ailes, et en faire une divine réalité ; cette puissance, c'est la prière.

Elles sont nombreuses les raisons qui la proclament ici l'arme décisive et victorieuse ; et le Pontife, qui nous convie à une grande croisade de la prière, a bien la notion exacte et le sentiment vrai de l'état et des besoins des âmes, et des voies de Dieu, les plus sûres, pour les atteindre et les soulever.

La foi n'est ni la conquête de la science, ni la conquête du génie; elle est la récompense de la bonne volonté. Et c'est juste; car, il faut qu'elle puisse être, comme la bonne volonté qu'elle récompense, le bien de tous, et non pas, comme le talent, la science et le génie, le bien seulement de quelques-uns. Il faut que la rude main du travailleur, de l'ouvrier, comme du paysan, puisse saisir son flambeau, pour illuminer sa route, sur cette terre toute pleine de ténèbres, aussi bien que l'homme au puissant cerveau qui pèse les mondes, et cherche à pénétrer les mystères de la création. Et c'est parce qu'il en est ainsi, c'est parce que cette impuissance de l'étude, de la science et du génie à conquérir la foi vient de recevoir une nouvelle confirmation, que Léon XIII fait appel aujourd'hui à la seule force qui ait jamais assuré l'empire de la vérité révélée dans l'âme humaine : la prière.

Certes, il a été le premier à encourager l'érudition, l'exégèse, l'histoire, la théologie protestante dans l'examen qu'elles ont voulu faire, de nouveau, de ce merveilleux édifice bâti par Dieu dans l'immortalité, qui s'appelle l'Église et qui, depuis deux mille ans, n'a pas perdu une seule pierre. Il sait bien que nos dogmes n'ont rien à redouter de la lumière, que, sous ses feux, ils resplendissent avec plus d'éclat. Mais toutes ces sciences ont vainement cherché; elles n'ont jamais pu trouver, seules, la porte qui livre aux regards les splendeurs divines du temple de la vérité.

Alors, s'adressant à la Prière, il lui dit : Viens, prends par la main ces chères âmes que la vérité tourmente, et conduis-les à la Foi qui garde l'entrée du temple vivant et peut seule en ouvrir les portes. Les sciences sacrées ne font souvent, quand elles sont livrées à elles-mêmes, qu'agrandir les besoins, que multiplier même les angoisses des âmes, sans les éclairer pleinement; elles n'ont jamais suffi à rendre à l'Église un seul de ses enfants; à toi, maintenant, ô Prière, de réussir, une fois de plus, où le savoir, le talent et le génie ont échoué, et échoueront toujours.

N'est-il point facile d'établir, pour des âmes habituées à chercher les secrets mobiles de l'action divine, et familiarisées avec ses procédés, la toute-puissance de la prière et les merveilleux résultats qu'il est permis d'en attendre, pour le retour à l'unité ?

La prière, en effet, est une ascension de l'âme en Dieu, *ascensio mentis in Deum*. Ce n'est pas aux pieds de Dieu, mais seulement dans son sein que s'arrête cette ascension prodigieuse.

Or, rappelons-nous la loi des milieux : tout vivant est pénétré par le milieu dans lequel il se meut. Nous constatons cette loi dans le monde des âmes, aussi bien que dans le monde des corps. S'il en est ainsi des milieux, dont l'activité est nécessairement très restreinte, que dirons-nous du plus actif, du plus pénétrant de tous les milieux, le milieu divin ?

Mais, qu'est-ce que Dieu ? La lumière qui dissipe les ténèbres dont souffre l'accomplissement de ses desseins dans les âmes. Donc, quand nous entrons dans ce milieu divin par la prière, il nous pénètre, il nous dégage des obscurités qui nous tiennent dans la captivité de l'erreur ; il arrache les derniers voiles, fait tomber les préventions, les préjugés séculaires dont la science impuissante n'avait point su déchirer le bandeau.

Qu'est-ce que Dieu ? Dieu c'est l'amour qui dit aux hommes : Il n'y a pour moi ni Juifs, ni Gentils, ni civilisés, ni barbares, ni riches, ni pauvres, ni grands, ni petits, ni savants, ni ignorants ; je veux que vous soyez tous un dans le Christ. En nous plongeant en lui, la prière nous imprègne de cet amour. Alors, nous aimons les hommes, comme un Dieu seul peut les aimer ; nous comprenons et nous ressentons la prodigieuse tendresse de l'ineffable parole : *Ut sint unum sicut et nos*. Sous l'empire de cet amour, les cœurs se dilatent, secouent leur égoïsme ; les vieilles rancunes, les soupçons injurieux, les rivalités, les aversions font place à la divine charité, dont le règne ne peut s'établir que par l'union dans la vérité.

Qu'est-ce que Dieu ? C'est la force qui brise tous les obstacles que rencontre sa marche. En nous transportant dans le sein de Dieu, la prière nous communique cette force qui ne recule jamais, qu'aucun obstacle ne fait hésiter, qu'aucune menace n'intimide et qui, dans la marche vers le vrai, n'a peur d'aucun sacrifice, prête à immoler, à la vérité reconnue, tous les avantages de la vie et, si c'est nécessaire, les meilleures et les plus chères affections.

Voyez donc les triomphes de la prière dans l'histoire des âmes. C'est parce que, par la prière, l'âme du centurion Corneille était plongée dans le milieu divin, qu'elle saisit, au premier choc, la vérité que lui apporte l'apôtre Pierre. C'est parce que la prière les faisait respirer dans cette atmosphère divine, que les messagers de l'Évangile, emportés par un amour aussi grand que le monde, quittent tout, pères, mères, amis, patrie, pour rassembler tous les peuples de l'univers sous la houlette du Christ. C'est parce que, baignés par la prière dans l'océan divin, ils étaient saturés de la force même de Dieu, que les martyrs, pour délivrer le monde des monstrueuses erreurs qui depuis quarante siècles tyrannisaient les corps, souillaient et broyaient les âmes, et pour ouvrir à la vérité, à la justice et à la liberté un chemin digne d'elles, que les martyrs passent en phalanges épaisses, le sourire aux lèvres, et de la joie à plein cœur, à travers les plus atroces supplices, le déchaînement de toutes les cruautés et de toutes les fureurs.

Cette prière, le Souverain-Pontife la demande à tous, protestants et catholiques.

Que les chères âmes dont l'Église, comme une mère ineffablement tendre, pleure l'absence, depuis si longtemps, écoutent cette voix venue de Rome, et répondent à l'appel qui leur est fait ! Qu'elles déploient, elles aussi, les ailes de la prière ; qu'elles se réfugient au sein de la lumière qui dissipe toutes les ténèbres ; au sein de l'amour qui rêve de rassembler tous les hommes, dans la fusion des cœurs, sous la main du vicaire de Celui qui a les paroles de la vie éternelle ; au sein de la force qui renverse tous les obstacles que rencontre l'établissement du royaume de Dieu dans les âmes ; et le monde chrétien tressaillera bientôt de cette grande joie : le retour de la nation anglaise à la foi de ses pères !

« Tout ce que vous demanderez à mon Père, en mon nom, vous sera accordé, » nous dit Notre-Seigneur. Il avait bien droit à pareille puissance le nom béni du Fils, le nom de celui qui s'est anéanti pour rendre à Dieu la gloire que l'orgueil de l'homme lui avait ravie, ce nom qui rappelle au Père céleste tant de larmes, tant de sang versé, tant d'œuvres divines accomplies, pour établir son règne dans le monde.

Et comment n'exaucerait-il pas une prière que lui-même met sur nos lèvres, qui entre si bien dans les intentions divines, une prière si conforme aux desseins de la Providence?

Car, que lui demandons-nous? Nous ne lui demandons pas la richesse. Est-ce qu'on demande la richesse à celui qui n'avait pas une pierre où reposer sa tête? Nous ne lui demandons pas la gloire. Comment pourrions-nous demander la gloire au Dieu né dans une crèche, et mort sur un gibet d'infamie? Nous ne lui demandons pas la puissance. Comment demander la puissance à celui qui, tout en la possédant, en a dédaigné l'usage, et s'est appliqué, toute sa vie, à en éteindre les rayons sous les voiles de son humanité? Ce que nous lui demandons, mais c'est la réalisation du plus cher de ses désirs, ce qui réjouira le plus son cœur, ce qu'il est impatient, ce qu'il brûle de nous donner, mais ne peut accorder qu'à toutes les énergies de notre foi, qu'à des clameurs puissantes poussées vers lui : l'union de tous les siens, dans une même foi, et sous le même chef; l'accomplissement de cette promesse immortelle : « *Et erit unum ovile et unus pastor;* » et il n'y aura qu'un troupeau et qu'un pasteur.

Pour stimuler notre ardeur, il nous donne des preuves manifestes de l'efficacité de la prière. De l'aveu de tous, ces conversions qui apportent tant de joie au cœur des catholiques et donnent à l'Église d'intrépides défenseurs; ce mouvement, qui s'accentue tous les jours, de retour au catholicisme; cet ardent désir d'union qui possède les plus belles âmes, tout cela n'a son explication que dans la prière. « Ni l'habileté, ni la prudence, ni la sagesse de l'homme, disait le cardinal Wiseman, n'ont concouru au développement de ce qui se fait autour de nous. »

En suivant les phases de cette évolution, on saisit comme une loi établie par Dieu pour la diriger; cette loi, la voici : le mouvement de conversion a été en raison directe du mouvement de la prière. Plus la prière a eu de puissance et d'étendue, plus les âmes remuées par elle ont été nombreuses et choisies; et le jour où les forces du monde catholique s'uniront et combineront leur action, la prière deviendra un levier assez puissant pour soulever toute l'Angleterre.

Catholiques qui m'écoutez, est-ce que votre cœur ne tressaille pas à la pensée de ce qu'apporterait avec elle, à Jésus-Christ, l'Angleterre catholique ?

Un homme qui connaissait bien le peuple anglais, puisqu'il avait de son sang dans les veines, notre illustre Montalembert, en a tracé un portrait dont je ne puis indiquer que quelques lignes :

« Il y a dans l'Europe moderne, à sept lieues de la « France, en vue de nos plages du Nord, un peuple dont « l'empire est plus vaste que celui d'Alexandre et des

« Césars, et qui est à la fois le plus libre et le plus puis-
« sant, le plus riche et le plus viril, le plus audacieux et le
« plus réglé qui soit au monde... Versé comme nul autre
« dans tous les arts de la paix, et néanmoins invincible à
« la guerre, il est doué, à la fois, d'une initiative que rien
« n'étonne, et d'une persévérance que rien n'abat... Avide
« de conquêtes et de découvertes, il erre et court aux extré-
« mités de la terre... »

Comprenez-vous quelles ressources ce peuple peut apporter à l'œuvre de Dieu dans le monde ?

Comme, jadis, le peuple Romain ouvrait, par sa puissance d'expansion, toutes les routes du monde à l'Évangile, ainsi, le peuple anglais, avec l'immensité de ses domaines, quatre fois et demi plus vastes que ceux de la vieille Rome, avec la facilité et la rapidité de ses communications, avec, surtout, sa puissance politique, économique, sociale, et toutes les ressources d'un génie fertile et entreprenant, ainsi, dis-je, l'Angleterre, devenue catholique, semble l'instrument destiné par Dieu aux conquêtes futures de l'Évangile ; et le jour où elle aurait en mains le dépôt sacré de la vérité reconquise, elle le porterait partout, pour l'honneur de l'œuvre du Christ, et en fondant, à jamais, sa propre gloire, sur toutes les plages de l'univers.

En prévision de ces avantages immenses et universels, notre grand Pontife a voulu que la clameur poussée vers le ciel fût immense, elle aussi, et universelle.

Il a chargé la docte, l'illustre et vénérable compagnie de Saint-Sulpice, digne à tous les titres d'un tel honneur, d'organiser, d'un pôle à l'autre du monde chrétien, cette croisade de la prière, pour le retour de l'Angleterre au catholicisme. C'est dans cette église qu'aujourd'hui même est érigée l'archiconfrérie de Notre-Dame de la Compassion, pour la conversion de l'Angleterre. Placée sous la protection de la Mère de Dieu, qui est aussi la reine et la mère des peuples chrétiens, elle doit rayonner dans le monde entier. Si, d'après la parole de Jésus, trois qui s'unissent dans la prière sont toujours exaucés, quelle ne sera pas devant Dieu l'éloquence d'une prière qu'emporte, vers le ciel, la voix de cent millions d'âmes !

Mais, direz-vous, cette armée de suppliants n'existe pas. Elle n'existe pas ? Dès lors que le Pontife immortel veut cette armée, et qu'il charge les prêtres de Saint-Sulpice de la faire jaillir du sol chrétien, de ce sol que le sang du Christ a fécondé pour toujours, cette armée existe; et dès demain, dès aujourd'hui, elle va commencer son travail.

Catholiques français, le Pontife Romain vous a cru l'âme assez haute pour s'enflammer à de pareilles espérances. Entrez dans cette croisade, dans ce grand mouvement d'apostolat ; répondez à l'attente de ces Pontifes et de ces frères, les catholiques anglais qui tressaillent, en vous, d'espérance. Vous travaillerez ainsi pour la gloire de l'Église, pour l'avenir des peuples chrétiens, pour l'extension du règne du Christ, à travers les espaces et les temps ; et cet élan généreux de vos âmes, des générations sans nombre en recueilleront le bienfait ; il appellera sur vous, sur notre chère patrie, toutes les grâces, toutes les faveurs du ciel, dont nous allons recevoir le gage dans la bénédiction du premier pontife d'Angleterre.

PARIS. — IMP. F. JOURDAN, 36-38, RUE DE LA GOUTTE-D'OR

www.ingramcontent.com/pod-product-compliance
Ingram Content Group UK Ltd.
Pitfield, Milton Keynes, MK11 3LW, UK
UKHW020527230726
13925UKWH00005B/2250